W9-AGN-226

Printed in Spain

Los Tres

Cerditos

Ilustrado por Graham Percy

PERALT MONTAGUT EDICIONES

H

abía una vez una mamá cerdita que
tenía tres cerditos.
Como no podía
alimentarlos a todos,

los abandonó a su
suerte en el campo.

El primer cerdito salió y encontró a un hombre que llevaba un haz de paja. Y le dijo al hombre, «por favor, señor, deme esa paja para que pueda construir mi casa».

El hombre le dio la paja, y el cerdito construyó
una casa con ella.

Entonces pasó un lobo por allí, llamó a la
puerta y dijo,

«Cerdito, cerdito, déjame entrar.»
A lo que el cerdito contestó, «¡no, no!, por los
pelos de mi barba barbilla».
«Entonces», dijo el lobo, «soplaré fuerte y haré
volar tu casa.»

Y sopló haciendo volar la casa por los aires y seguidamente se comió al cerdito.

El segundo cerdito en su camino encontró a un
hombre con un fardo de ramas y dijo al
hombre, «por favor, señor, deme esas
ramas para construir mi casa».

Y el hombre le dio las
ramas, y el cerdito se
construyó su casa con ellas.

Entonces pasó el lobo por allí y gritó,
«cerdito, cerdito, déjame entrar».
«No, no, por los pelos de mi barba barbilla, no te
dejaré entrar», gritó el cerdito.

«Entonces soplaré y haré volar tu casa por los aires», dijo el lobo. Y en verdad sopló haciendo volar la casa por los aires, comiéndose al pobre cerdito.

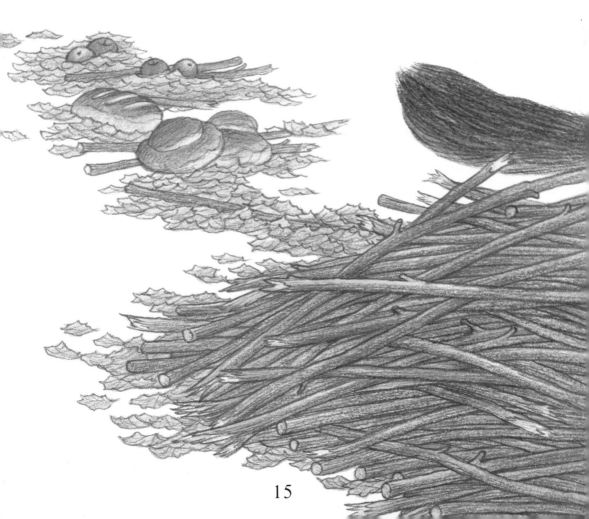

El tercer cerdito encontró a un hombre cargado de ladrillos. Dijo al hombre, «por favor, señor, deme esos ladrillos para construir una casa».

El hombre le dio los ladrillos, y el cerdito construyó una casa con ellos.

El lobo no podía soplar para destruir esta casa tan fuerte, así que dijo: «Cerdito, vayamos a coger nabos al campo del señor Benito mañana por la mañana a las seis». Y el cerdito aceptó.

Pero el cerdito fue al campo
de nabos del señor Benito a
las cinco, y a las seis estaba ya de vuelta
en casa cargado de nabos muy grandes.
Cuando llegó el lobo se enfadó mucho.

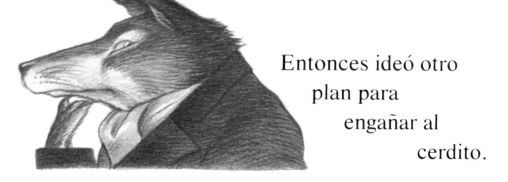

Entonces ideó otro
plan para
engañar al
cerdito.

«Cerdito», dijo el lobo, «sé donde hay un
hermoso manzano y si no me engañas, vendré
a recogerte mañana por la mañana a las cinco e
iremos a coger manzanas.»

Bien, a la mañana siguiente, el cerdito se
levantó a las cuatro. Pero esta vez, como tenía
que ir más lejos y además tenía que subir al
árbol, cuando estaba a punto de bajar de él vio
que venía el lobo.

«¿Así que has llegado antes que yo, cerdito?
¿Están buenas las manzanas?»
«Sí, están muy buenas», dijo el cerdito. «Te echaré
una para que las pruebes.» Y dicho esto le tiró una
manzana muy lejos y mientras el lobo corría para
cogerla, el cerdito saltó del árbol y se fue
corriendo a su casa.

Al día siguiente, volvió de nuevo el lobo a la casa del cerdito y le preguntó: «¿Vas a ir a la feria de esta tarde?»

«¡Oh, sí!», dijo el cerdito. «¿A qué hora estarás preparado?»

«A las tres», le respondió.

Así que el cerdito salió antes de lo acostumbrado, y cuando llegó a la feria compró un barril de manteca y al volver a casa...

Vio que venía el lobo.

El cerdito saltó dentro del barril, que empezó a rodar pendiente abajo y por poco arrolla al lobo.

El lobo se asustó tanto, que se fue
corriendo a su casa sin ir a la feria.

Al día siguiente fue
de nuevo a la casa
del cerdito y le
contó cómo se
había asustado por
una gran cosa
redonda que bajaba
por la colina hacia
él. El cerdito le
dijo, «era yo dentro
de un barril de
manteca que había comprado en la feria».

«Me metí en él cuando te ví y bajé rodando por la colina.» Entonces el lobo se enfadó y gruñó, «¡ahora sí que te comeré!. Bajaré por la chimenea para cogerte». Cuando el cerdito vio lo que el lobo iba a hacer, puso un gran caldero lleno de agua en el fuego para que hirviera.

El lobo
bajó por
la chimenea y
... plaff...
cayó justo en
el caldero.

El cerdito puso rápidamente la tapa en
el caldero y aquí terminó la historia del
lobo. Y desde entonces el cerdito vivió
feliz en su casita.